„Die Zukunft zeigt uns viele Gesichter, welches sich uns zuwendet fühlen wir dann, wenn es uns berührt"

Dietmar Dressel

„Nachdenklich steht es um das Geistige, das sich um die Zukunft ängstigt und traurig vom Unglück ist. Es ist voll Besorgnis ob das, woran es seine Freude hat, möglicherweise auch Bestand haben wird"

Dietmar Dressel

Dietmar Dressel

Aforismos y citas

Español - Deutsch

Für Barbara, Alexandra, Kai, Timon, Nele und Isabelle

Vorwort

Selbstkritisch gesagt meine ich, dass viele Zitate und Lebensweisheiten darauf abzielen, die eigene und selbst vorgelebte Verhaltensweise zu reflektieren. So soll durch einen aphoristisch griffigen Spruch die eigene Reflexionsfähigkeit möglicherweise angeregt werden.

Was ist so wichtig im Leben? Was zählt für den einzelnen Menschen wirklich? Diese Fragen sind oft von Bedeutung.

Die nachfolgenden Zitate und Lebensweisheiten finden sie alle in meinen sechsundsiebzig veröffentlichten Romanen.

· · · · · · · · · ·

Hablando autocriticamente, quiero decir que muchas citas y sabidurías apuntan a reflexionar sobre el propio comportamiento y el de uno mismo. Una frase aforística y pegadiza posiblemente debería estimular la propia capacidad de reflexión.

¿Qué es tan importante en la vida? ¿Qué cuenta realmente para el individuo? Estas preguntas suelen ser importantes.

Las siguientes citas y sabidurías se pueden encontrar en mis setenta y seis novelas publicadas.

Bibliographic information from the German National Library.

The German National Library has entered this publication into the German National Bibliography. Detailed bibliographic information can be obtained online at: http://dnb.d-nb.de.

Traducción del alemán: Dietmar Dressel

Vor geraumer Zeit wurde auf Facebook und Twitter die Frage gestellt: Who is Dietmar Dressel about?

Es ist für einen Buchautor und Schriftsteller nicht ungewöhnlich, dass er mit zunehmender Aktivität im Lesermarkt das Interesse der Öffentlichkeit weckt und diese natürlich neugierig darauf ist, um wen es sich dabei handelt. Natürlich könnte ich dazu selbst etwas sagen. Ich denke, es ist vernünftiger, eine Pressestimme zu Wort kommen zu lassen.

Nachfolgend ein Artikel von Michel Friedmann: Jurist, Politiker Publizist und Fernsehmoderator.

'Wanderer, kommst Du nach Velden". Wer schon einmal im kleinen Velden an der Vils war, der merkt gleich, dass an diesem Ort Kunst, Kultur und Literatur einen besonderen Stellenwert genießen. Der Ort platzt aus allen Nähten vor Skulpturen, Denkmälern und gemütlichen Ecken die zum Verweilen einladen. So ist es auch ganz und gar nicht verwunderlich, dass sich an diesem Ort ein literarischer Philanthrop wie Dietmar Dressel angesiedelt hat. Dressel versteht es wie wenige andere seines Faches, seinen Figuren Leben und Seele einzuhauchen. Auch deswegen war ich begeistert, dass er sich an das gewagte Experiment eines historischen Romans gemacht hatte. Würde ihm dieses gewagte Experiment gelingen? Soviel sei vorweg genommen: Ja, auf ganzer Linie.

Aber der Reihe nach. Historische Romanautoren und solche, die sich dafür halten, gibt es jede Menge. Man muß hier unterscheiden zwischen den reinen 'Fiktionisten' die Magie, Rittertum und Wanderhuren in eine grausige Suppe verrühren und historischen „Streberautoren", die jedes noch so kleine Detail des Mittelalters und der Industrialisierung studiert haben und fleißig aber langatmig wiedergeben. Dressel macht um beide Fraktionen einen großen Bogen und findet zum Glück schnell seinen eigenen Stil. Sein Werk gleicht am ehesten einem Roman von Ken Follett mit einigen erfreulichen Unterschieden!

Follett recherchiert mit einem großen Team die Zeitgeschichte genauestens und liefert dann ein präzises, historisches Abbild. Ein literarischer und unbestechlicher Kupferstich als Zeugnis der Vergangenheit. Dressel hat kein Team und ersetzt die dadurch entstehenden Unklarheiten gekonnt mit seiner großartigen Phantasie. Das Ergebnis ist, dass seine Geschichten und Landschaften 'leben' wie fast nirgendwo anders.

Follett packt in seine Geschichten stets wahre Personen und Figuren der Zeitgeschichte hinein, die mit den eigentlichen Helden dann interagieren und sprechen. Das nimmt seinen Geschichten immer wieder ein wenig die Glaubwürdigkeit. Dressel hat es nicht nötig, historische Figuren wiederzubeleben. Das Fehlen echter historischer Persönlichkeiten gleicht er durch menschliche Gefühle und lebendige Geschichten mehr als aus.

Folletts Handlungen sind zumeist getrieben von Intrige, Verrat und Hinterhältigkeit. Er schreibt finstere Thriller, die ihren Lustgewinn meist aus dem unsäglichen Leid der Protagonisten und der finalen Bestrafung der 'Bösen' ziehen. Dressel zeigt uns, dass auch in einer so finsteren Zeit wie der frühen, industriellen Neuzeit Freundschaft, Liebe und Phantasie nicht zu kurz kommen müssen. Er wirkt dabei jedoch keinesfalls unbeholfen sondern zeigt uns als Routinier, dass er das Metier tiefer Gefühle beherrscht, ohne ins Banale abzugleiten.

Folletts Bücher durchbrechen gerne die Schallmauer von 1000 und mehr Seiten. Er beschreibt jedes Blümchen am Wegesrand. Dressel kommt mit viel weniger Worten aus. Substanz entscheidet!

In der linken Ecke Ken Follett aus Chelsea, in der rechten Ecke Dietmar Dressel aus Velden. Zwei grundverschiedene Ansätze und Herangehensweisen an ein gewaltiges Thema. Wer diesen Kampf wohl gewinnt? Keiner von beiden. In der Welt der Literatur ist zum Glück Platz für viele gute Autoren!

„Fest verankert in der Erde steht ein Turm. Tief unter ihm lebt Kurt, der Regenwurm. Gräbt er still und leise, ist er weise. Wühlt er hemmungslos und dumm, macht es bumm."

„Hay una torre que está firmemente anclada en el suelo. Kurt, la lombriz de tierra, vive muy por debajo de él. Si excava en silencio, es sabio. Si cava salvaje y estúpido, hay un bumm."

· · · · · · · · · ·

„Was wäre die materielle Unendlichkeit des Universums, ohne die Kraft der Liebe."

„¿Qué sería el infinito material del universo sin el poder del amor?"

· · · · · · · · · ·

„Die Gegenwart zeigt uns die Fehler der Vergangenheit, damit wir die Zukunft besser gestalten."

„*El presente nos muestra los errores del pasado para que podamos moldear mejor el futuro.*" „

· · · · · · · · · ·

„Was nützt uns ein voller Bauch, wenn die Freiheit des Geistes Hunger leidet.“

„De qué sirve un estómago lleno cuando la libertad de la mente sufre de hambre.“

• • • • • • • • • •

„Für die Einsicht in Liebe zu handeln, muß man einen anstrengenden Weg gehen.“

„Para vivir en el amor hay que recorrer un camino difícil.“

• • • • • • • • • •

„Die Philosophie ist die Stimme unseres Bewusstseins, auf der Suche nach der Wahrheit unseres „Seins“.“

„La filosofía es la voz de nuestra conciencia, en busca de la verdad de nuestro „ser“.“

• • • • • • • • • •

„Um das scheinbar Unfassbare zu begreifen, muss man sich erst einen passenden Raum im Denken schaffen.“

*„Para comprender lo aparentemente incomprensible,
primero hay que buscar un espacio espiritual
en el centro del pensamiento."*

· · · · · · · · · ·

„Bis das Eis unter einem Felsen schmilzt, vergeht oft
eine lange Zeit."

*„A menudo se necesita mucho tiempo para que
el hielo se derrita debajo de una roca."*

· · · · · · · · · ·

„Das kleine Wörtchen „aber" ebnet uns den Weg
zur Weisheit."

*„La pequeña palabra "pero" nos allana el camino
a la sabiduría."*

· · · · · · · · · ·

„Aller Anfang ist das Übel für das Kommende."

„Todo comienzo es el mal para lo que ha de venir."

· · · · · · · · · ·

„Die Sehnsucht ist die Triebfeder allen Geschehens."

„El anhelo es la fuente principal de todo lo que sucede."

• • • • • • • • • •

„Der schlechte Teil der Vernunft ist, in Blindheit
zu handeln."

„La parte mala de la cordura es estar ciego."

• • • • • • • • • •

„Eines der wesentlichsten Probleme des Lebens besteht
in ihrem Unverständnis zur Realität."

*„Uno de los problemas más esenciales de la vida es su
falta de comprensión de la realidad."*

• • • • • • • • • •

„Die Neugier des Menschen ist die Triebfeder seines
Handelns."

*„La curiosidad del hombre es la causa principal de sus
acciones."*

• • • • • • • • • •

„Die Ewigkeit ist das wirkliche „Sein" des
geistigen Lebens."

*„La eternidad es el verdadero „ser" de
vida espiritual."*

· · · · · · · · · ·

„Wenn man nicht weiß wo man steht, wird es schwer
sein, den richtigen Weg zu finden."

*„Si no sabe dónde se encuentra, será difícil encontrar el
camino correcto."*

· · · · · · · · · ·

„Das Geheimnis der Zeit liegt in der Sehnsucht nach dem scheinbaren „Nichts" verborgen."

„El secreto del tiempo se esconde en el anhelo de la aparente „nada"."

• • • • • • • • • •

„Die fast unlösbare Aufgabe besteht darin, sich weder von der Macht der anderen, noch vom eigenen Unvermögen bedrängen zu lassen."

„La tarea casi imposible es no depender del poder de los demás o de tu propia incapacidad."

• • • • • • • • • •

„Nicht immer trifft es zu, dass sich Menschen in ihren Verhaltensweisen wiedererkennen wollen, weil sie meinen, dass sie dafür nicht die Verantwortung tragen."

„No siempre es cierto que la gente quiera reconocer su comportamiento porque piensan que no son responsables de ello."

• • • • • • • • • •

„Die Gier kennt scheinbar kein Halten und eilt von Sieg zu Sieg."

„La codicia no se puede detener y siempre sale victoriosa."

•••••••••

„Träume haben ihren Grund, und möge unser Verstand es wahr werden lassen, dass wir diesen Grund nicht mit Aberglauben oder Märchen verwechseln."

„Los sueños tienen una razón, y que nuestros mentes hagan realidad que no tenemos esa razón confundido con superstición o cuentos de hadas."

· · · · · · · · · ·

„Der Mensch wird durch das was ihn ständig treibt und was er immer will, ohne es wirklich zwingend zu müssen, letztlich zu dem „was" und „wie" er ist."

„A través de lo que lo impulsa constantemente y lo que siempre quiere, sin realmente tener que hacerlo, las personas finalmente se convierten en „qué" y „cómo"."

· · · · · · · · · ·

„Im Glauben wollen, sammelt sich das gedankenlose Denken auf der Suche nach den wahren Gründen des praktischen Lebens und des wirklichen „Seins" in der Ewigkeit des Universums."

„Al querer creer, el pensamiento irreflexivo se acumula en busca de las verdaderas razones de la vida práctica y real "Estar" en la eternidad del universo."

· · · · · · · · · ·

„Der Tod lächelt uns an, doch wandelt es sich schnell zum Ruf in die Unendlichkeit des „kosmischen „Nichts", sollte er uns berühren."

„La muerte nos sonríe, pero rápidamente se convierte en un llamado al infinito de la "nada" cósmica, si nos toca."

· · · · · · · · · ·

„Kommst du aus der Welt der materiellen Lüste und möchtest du in die Welt der „geistigen Unendlichkeit" eingehen, dann lass dich nicht beirren."

„Si vienes del mundo de la lujuria material y te gustaría entrar en el mundo del „infinito espiritual", no te confundas."

· · · · · · · · · ·

„Wenn die Sehnsucht der Liebe einen Weg zur Ewigkeit fände, würden Erinnerungen zu Stufen werden. Ich würde hinaufsteigen und dich zurückholen."

„Si el anhelo del amor encontrara un camino a la eternidad, los recuerdos se convertirían en etapas. Subiría y te buscaría de vuelta."

· · · · · · · · · ·

„Doch höre und fühle ich deine Rufe und deinen Schmerz, wenn ich wie leblos in mir ruhe. Welcher Schmerz in diesem Leben voll Trübsal ist größer, als die nicht erfüllte Sehnsucht die weint und nicht ruhen will."

„Pero escucho y siento tus llamadas y tu dolor cuando descanso en mí como sin vida. Qué dolor en esta vida triste es mayor que el anhelo insatisfecho que llora y no quiere descansar."

· · · · · · · · · ·

„Die Sehnsucht „Ist", und wäre das nicht so, wer sollte dann auf die Idee kommen etwas zu sein, was er nicht ist, aber möglicherweise gern sein möchte."

„El anhelo "es", y si no fuera por eso, ¿quién debería tener la idea de ser lo que es?"

· · · · · · · · · ·

„Warum geschehen die Dinge so und nicht anders?
Weil es so „Ist", sonst wäre es nicht so!"

„¿Por qué suceden las cosas de esta manera y no de
manera diferente? ¡Porque "es", de lo contrario
no sería así!"

· · · · · · · · · ·

„Ein Kloster ist nicht eine ruhige, idyllische Herberge
für Schutzsuchende. Wie man vielleicht meinen
mag. Ein Kloster ist ein widersprüchlicher Ort,
und die geistigen Inhalte die ihre Bewohner
predigen, gleichen nicht selten einem
Raum ohne Inhalte."

„Un monasterio no es un albergue idílico y tranquilo
para quienes buscan protección. Como puedes pensar
me gusta. Un monasterio es un lugar contradictorio
y el contenido espiritual el de sus habitantes
la predicación no es infrecuente
Espacio sin contenido."

· · · · · · · · · ·

„Wir leben alle unter dem gleichen Himmel, aber wir
haben nicht alle das gleiche Leben."

„Todos vivimos bajo el mismo cielo, pero no todos
tenemos la misma vida."

··········

„Wenn du den Tod als deinen Feind betrachtest, wird
es schwer werden zu gehen, wohin der Weg auch
führen mag."

*„Si ves a la muerte como tu enemigo, será difícil
ir a donde vaya el camino gusta liderar."*

··········

„Sterben dürfen ist dann eine Erlösung, wenn die
Schmerzen den Leidenden umfassen."

*„Que se les permita morir es una redención cuando
El dolor abraza al que sufre."*

··········

„Es gibt Scheintote, die ihr geistiges Glück im Universum suchen wollen, und verlassen zu diesem Zweck
einfach ihren schützenden Körper. Dabei liegt
oftmals das wahre Glück des Lebens in ihrem
eigenen Haus, also in ihrem Körper. Die
Schmerzen für die Wiederbelebung
könnten sie sich sparen."

„Hay pseudo-muertos que quieren buscar su felicidad espiritual en el universo y se van para este propósito."

. . . .

„Die Sehnsucht ist die Mutter allen Gebärens."

„El anhelo es la madre de todos los que dan a luz."

. . . .

„Mit der Gier nach materiellen Werten fördert man nicht die geistige Reife, sondern nur die ständige Sucht nach mehr Sachen, die man eigentlich nicht braucht."

„Con la codicia por los valores materiales uno no promueve la madurez espiritual, sino sólo la codicia por más cosas que no necesita."

. . . .

„Nichtwissen zu erzwingen und die Angst zu schüren es möglicherweise ändern zu wollen, führt zum geistigen Horizont mit dem Radius Null."

„Forzar la ignorancia y despertar el miedo de posiblemente querer cambiar conduce a la espiritualidad hacia el horizonte con radio cero."

. . . .

„Die kleinsten Teilchen der Materie entstehen nicht ge-
dankenlos, unkontrolliert und planlos, sondern
aus dem universellen Zweck ihrer
Bestimmung."

*"Las partículas más pequeñas de materia no surgen
sin pensar, sin control y al azar, sino para el
propósito universal de Determinación."*

· · · · · · · · · ·

„Jeder Gedanke ist ein Baustein am werdenden Leben
in seiner vielfältigen Gesamtheit. Es entwickelt sich
durch ablaufprozessuale energetische Denkprozesse im
„geistigen Sein", eingebettet in der
„geistigen Energie"."

*"Cada pensamiento es un componente fundamental en
el desarrollo de la vida en su totalidad diversa.
Se desarrolla a través de procesos de pensamiento
energético relacionados con el proceso.
procesos en el "ser espiritual", incrustado en
le "energía espiritual"."*

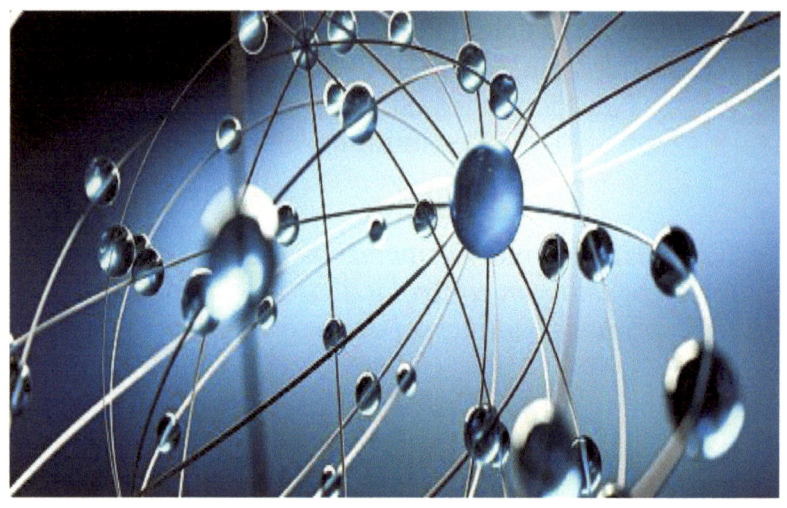

„Jeder Folgeschritt des Lebens ist das Ergebnis von ablaufprozessualen Denkprozessen."

„Cada paso subsiguiente en la vida es el resultado de procesos de pensamiento procedimentales."

• • • • • • • • • •

„Wenn wenige Menschen sehr gut leben wollen, muss es sehr viele von dieser Spezies geben, die bettelarm sind."

„Si pocas personas quieren vivir muy bien, debe haber muchas de esta especie que sean muy pobres son."

• • • • • • • • • •

„Im Glauben wollen sammelt sich das gedankenlose
Denken auf der Suche nach den wahren Gründen
des praktischen Lebens und des wirklichen
„Seins" in der Ewigkeit des Universums."

*„Al querer creer, el pensamiento irreflexivo se acumula
en busca de las verdaderas razones de la vida práctica
y real "Estar" en la eternidad del universo."*

· · · · · · · · · ·

„Wer als Kind nicht beginnt zu lernen, der wird meist
ein gieriger und neidvoller Taugenichts. Wer als
Mann oder Frau nicht lernt, wandelt auf
den Weg ins materielle Verderben."

*„Aquellos que no comienzan a aprender de niños
tienden a volverse codiciosos y envidiosos que no
sirven para nada. Cualquiera que no aprenda
como hombre o mujer camina por el camino
de la ruina material."*

· · · · · · · · · ·

„Lernen, ohne dabei zu denken, führt zu nichts. Denken
und nichts dabei zu lernen ist vergeudete Zeit."

*„Aprender sin pensar no conduce a nada. Pensar
y no aprender nada es tiempo perdido."*

· · · · · · · · · ·

„Man sollte sich nicht schlafen legen ohne sagen zu können, dass man an dem Tage etwas gelernt hätte."

„No deberías irte a dormir sin poder decir que tienes algo ese día aprendido."

⋯⋯⋯⋯

„Ich esse, trinke, schlafe, vermehre mich und gehe ständig einkaufen, also bin ich. Oder nicht? Eben diese Frage an die Philosophie ruht in den Fängen des „kosmischen Nichts" gefangen und hofft in der Sehnsucht nach der Wahrheit gehört und gefühlt zu werden."

„Como, bebo, duermo, me reproduzco y voy de compras todo el tiempo, así es. ¿O no? Sólo estos cuestión de la filosofía descansa en las garras de"Cosmic Nothing" atrapado y espera en el Anhelo por la verdad escuchada y ser sentido."

⋯⋯⋯⋯

„An Gott glauben bedeutet, es für selbstverständlich zu halten, dass die Bestimmung des Menschen darin läge, sich über das Animalische zu erheben und alle Formen der Gewalt und Ausbeutung aus der menschlichen Gesellschaft zu eliminieren.“

„Creer en Dios significa dar por sentado que el destino del hombre está en él sería capaz de elevarse por encima del animal y todas las formas de violencia y explotación para eliminar.“

· · · · · · · · · ·

„Wer sich mit den Feinden des humanen Lebens geistig verbindet, versinkt in der Grausamkeit seines Tuns.“

„Quien se conecta espiritualmente con los enemigos de la vida humana se hunde en la crueldad de sus acciones.“

· · · · · · · · · ·

„Lässt man immerfort die hechelnden Rufe des Magens nach „Mehr“ gewähren, wird der Kopf in seiner Ein-samkeit verkümmern.“

„Si dejas que continúen los jadeos del estómago pidien-do "más", la cabeza se marchitará en su soledad.“

· · · · · · · · · ·

„Zu wissen, dass wir selbst entscheiden können was wir wirklich entscheiden wollen, ohne es zwingend zu müssen, gibt uns die Kraft es auch zu tun."

„Saber que podemos decidir por nosotros mismos lo que realmente queremos decidir sin necesariamente tener que tienes que darnos la fuerza para hacerlo."

· · · · · · · · · ·

„Menschen, die meinen, dass Geld das höchst erstrebenswerte Gut für sie sei, geraten leicht in den Verdacht, für Geld alles zu tun."

„Las personas que piensan que el dinero es el bien más deseable para ellos pueden acceder fácilmente al Sospecha de hacer algo por dinero."

· · · · · · · · · ·

„Bringst du Geld, so findest du Gnade; sobald es dir fehlt, schließen sich die Türen."

„Si trae dinero, encontrará gracia; tan pronto como lo pierdas, las puertas se cierran."

· · · · · · · · · ·

„Wenn du wissen willst wie Gott über Geld denkt, dann sieh dir die Menschen an, die ihn vor langer Zeit geschaffen haben."

„Si quieres saber cómo piensa Dios sobre el dinero, mira a las personas que lo crearon hace mucho tiempo."

• • • • • • • • • •

„Der Neid ist das Schwert der bösartigen Charaktereigenschaften und das schwarze Schaf des Ichbewusstseins."

„La envidia es la espada de los rasgos de carácter malvados y la oveja negra del ego conocimiento."

• • • • • • • • • •

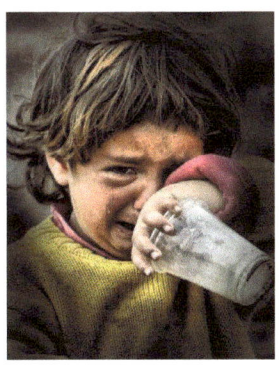

„Die Tränen eines Kindes sind der Schrei der Sehnsucht
nach Liebe und Geborgenheit."

*„Las lágrimas de un niño son el grito de añoranza de
amor y seguridad."*

· · · · · · · · · ·

„Durch Klugheit und List ist jeder zu besiegen, der nur
rohe Gewalt kennt."

*„Cualquiera que sólo conozca la fuerza bruta puede ser
derrotado por la sabiduría y la astucia."*

· · · · · · · · · ·

„Darum sind die Herrschenden auf die Macht verfallen,
weil sie die Liebe, die Gerechtigkeit und die Vernunft
in einen dunklen, geistigen Keller sperrten, damit
sie dort niemand finden kann."

"Por eso los gobernantes se han enamorado del poder,
porque aman, la justicia y la razón encerrado en un
sótano intelectual oscuro con él nadie puede
encontrarlos allí."

· · · · · · · · · ·

„Wer den Hass trügerisch verbirgt, dessen Bosheit wird doch vor der Gemeinde offenbar werden."

„Cualquiera que oculte engañosamente el odio revelará su malicia a la comunidad."

....

„Der Neid, die Gewalt und die Macht sind das „Böse" ansich, was Menschen zur qualvollen Last fällt.
In diesen drei Komplizen der Gier liegen die Wurzeln allen schrecklichen Handelns, was Menschen sich gegenseitig antun."

„La envidia, la violencia y el poder son "malvados" en sí mismos, lo cual es una carga agonizante para las personas. En estos tres cómplices de la codicia se encuentran las raíces de todos los actos horribles que las personas se cometen entre sí."

....

„Den erwachenden Frühling entgegen zu lächeln, ist für uns Menschen etwas Selbstverständliches. Nicht so für die Erde."

„Sie hat es derzeit mit uns Menschen nicht leicht. Wer die Erde liebt, sollte die Augen aufmachen und nicht den Mund."

„Denn was wir der Erde entnehmen, sollte sie, so sie weiter unsere Lebensgrundlage sein soll, auch wieder zurückbekommen."

„Sonreír hacia la primavera que despierta es algo que los humanos damos por sentado.
No tan para la tierra."

„No es fácil para nosotros los humanos en este momento. Quien ama la tierra debe abrir los ojos y no tu boca."

„Porque lo que tomamos de la tierra, si sigue siendo nuestro sustento, debería volver a serlo."

• • • • • • • • • •

30

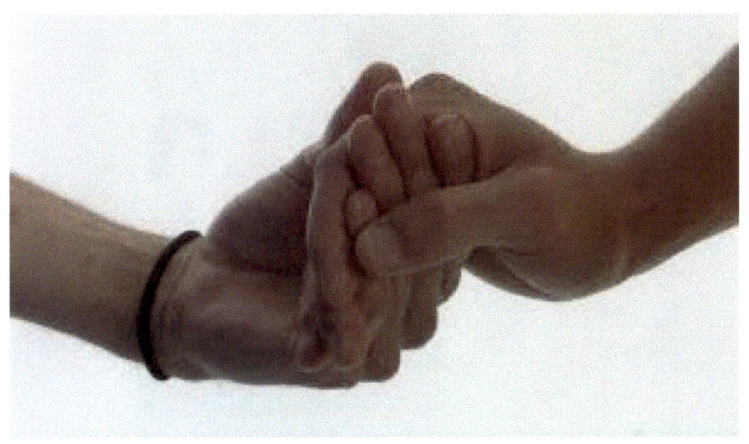

„Wo die Liebe und die Vernunft die Menschen fesselt,
blüht das Leben in all seiner hoffnungsvollen Pracht.
Gewinnen der Hass und die Gier die Oberhand,
stirbt das Leben."

„Donde el amor y la razón unen a las personas, la vida
florece en todo su esperanzador esplendor.
El odio y la codicia ganan la partida,
la vida muere."

· · · · · · · · · ·

„Als Gott im Paradies Adam, die Krönung der göttlichen
Schöpfung erschaffen hatte, war alles wertvolle,
verwendbare Schöpfungsmaterial restlos
aufgebraucht.“

„Cuando Dios creó a Adán, la coronación de la creación
divina, en el paraíso, todo era valioso, material de creación utilizable completamente agotado.“

· · · · · · · · · ·

„Als er dann doch noch Eva, die arbeitende Erfüllungs-
gehilfen von der Krönung der göttlichen Schöpfung,
also Adam, erschaffen wollte, reichte seine Rippe
vorn und hinten nicht ganz aus.“

*„Cuando finalmente quiso crear a Eva, el agente vi-
cario activo de la coronación de la creación divina,
es decir, Adán, sus costillas delante y detrás
no eran suficientes.“*

· · · · · · · · · ·

„Also nahm er notgedrungen den fehlenden Rest aus dem im Paradies herumliegenden noch nicht ganz aufgeräumten Chaos, und bastelte Eva zusammen."

„Así que se vio obligado a tomar lo que faltaba del caos que reinaba en el paraíso, que aún no había sido arreglado, y unir a Eva."

· · · · · · · · · ·

„Wenn wir unsere Kinder töten, stirbt die Zukunft und die Zeit bleibt stehen."

„Si matamos a nuestros hijos, el futuro muere y el tiempo se detiene."

„Wenn der Mensch den Glauben im Imperativ täglich frönt, sich ihm uneingeschränkt hingibt, versperrt er sich den Zugang zum Denken und fördert hemmungslos die Lüge.“

„Cuando una persona se entrega a la fe en un imperativo todos los días, se rinde a él sin reservas, se bloquea tuvo acceso a pensar y promueve desenfrenadamente la mentira.“

• • • • • • • • • •

„Die Gesichter der Menschen erkennt man im Licht der Sonne, ihren Charakter im Dunkeln der Nacht.“

„Puedes reconocer los rostros de las personas a la luz del sol, su carácter en la oscuridad de la noche.“

• • • • • • • • • •

„Wer um seinen eigentlichen Zweck seines Lebens weiß und fühlt, dem verhilft sein Bewusstsein mehr als alles andere dazu, Schwierigkeiten und Hindernisse zu überwinden.“

„Cualquiera que conozca y sienta su verdadero propósito en la vida es más que ayudado por su conciencia todo lo demás para superar dificultades y obstáculos.“

• • • • • • • • • •

Volksweisheiten

„Neid frisst alles auf, was er in Besitz nehmen kann.
Die Neider sterben wohl, doch niemals stirbt der Neid.
Es stimmt, dass Geld nicht glücklich macht, allerdings
meint man damit das Geld der anderen. Die Welt wird
nicht bedroht von den Männern, Frauen und Kindern
aus der Spezies von denkenden körperlichen Lebewesen der höheren geistigen Ordnung die böse sind, sondern von denen, die das Böse zulassen."

Sabiduria popular

"La envidia devora todo lo que puede apoderarse. Los
envidiosos mueren, pero la envidia nunca muere. Es
cierto que el dinero no te hace feliz, pero sí significa
dinero de otras personas. El mundo no está
amenazado por hombres, mujeres y niños de la especie
de seres físicos pensantes del orden espiritual superior
que son malos, sino por aquellos que permiten el mal ."

„Hat ein geschlossenes System, wie der Planet Erde, wirklich Raum für alle Menschen, wenn sie sich weiterhin so exzessiv vermehren sollten?"

„Un sistema cerrado, como el planeta Tierra, realmente tiene espacio para todas las personas, si debería seguir multiplicándose tan excesivamente?"

•••••••••

„Mit dem geistigen Fühlen zu denken und danach zu handeln, führt zum rechten Weg für alle denkenden körperlichen Lebewesen der höheren geistigen Ordnung."

„Pensar con el sentimiento espiritual y actuar en consecuencia conduce al camino correcto para todos los seres físicos pensantes del nivel superior"

•••••••••

„Wenn man mit der Logik des eigenen Verstandes denkt, und die Worte sparsam wählt, wird sich das geistige Fühlen auch ein festes zu Hause schaffen können."

„Si piensas con la lógica de tu propio intelecto y eliges las palabras con moderación, el sentimiento espiritual también podrá crear un hogar sólido para sí mismo."

• • • • • • • • • •

„Von allen Denkprozessen des Bewusstseins sind die über das Leid und zur Trauer die schmerzhaftesten."

„De todos los procesos de pensamiento de la conciencia, los relacionados con el sufrimiento y el dolor son los más dolorosos."

• • • • • • • • • •

„Die Menschen sollten nach dem Grundsatz leben, dass die Würde unantastbar ist. Das bedeutet, dass Männer, Frauen und Kinder unter keinen Umständen ein Mittel zum Zweck sein dürfen. Niemals!"

„La gente debe vivir según el principio de que la dignidad es inviolable. Esto significa que los hombres, mujeres y niños bajo ninguna circunstancia ser un medio para un fin. ¡De ninguna manera!"

• • • • • • • • • •

„Die Philosophie ist die Stimme unseres Bewusstseins, auf der Suche nach der Wahrheit unseres „Seins".“

„La filosofía es la voz de nuestra conciencia, en busca de la verdad de nuestro "ser".“

• • • • • • • • •

„Durch die Fülle von dem was geschieht, und nicht durch Gewalt, Hass und Gier, beeinflusst das „geistige Sein", eingebettet in der „geistigen Energie", achtsam den kosmischen Kreislauf des Lebens.“

„A través de la abundancia de lo que sucede, y no a través de la violencia, el odio y la codicia, el "ser espiritual", incrustado en la "energía espiritual", influye conscientemente en el ciclo cósmico de la vida.“

• • • • • • • • •

„Es kostet nicht viel Mühe, bei dieser Idylle den Geist zu motivieren und aktiv zu werden. Es allerdings nicht zu tun, dem folgt möglicherweise geistige Stille.“

"No se necesita mucho esfuerzo para motivar la mente y volverse activo en este entorno idílico.
No lo hace hacer, esto puede ser seguido por el silencio espiritual.“

• • • • • • • • •

„Was nützen die besten Sachinhalte einer Idee, wenn sie niemand in der Öffentlichkeit kraftvoll und energetisch konsequent vertritt?"

„¿De qué sirve el mejor contenido fáctico de una idea si nadie la representa en el público de manera vigorosa y enérgica?"

• • • • • • • • • •

„Existiert eigentlich der Mensch nur für das unermüdliche Rackern nach dem ständigen „Mehr"?"

„¿Realmente el hombre sólo existe para el bribón incansable tras el constante "más"?"

• • • • • • • • • •

„Die menschliche Existenz stützt sich auf zwei komplexe Säulen. Entweder das strebsame Bemühen, um das „Denken Wollen" und das „Wissen" zu mehren. Oder die maximale Befriedigung der materiellen Bedürfnisse."

„La existencia humana descansa sobre dos pilares complejos. El esfuerzo por incrementar la "disposición a pensar" y el "conocimiento". O la máxima satisfacción de la ma necesidades materiales.“

• • • • • • • • • •

„Was in unserem Bewusstsein mit uns spricht, hören und sehen wir erst dann, wenn wir unsere Träume verwirklichen.“

„Lo que nos habla en nuestra conciencia, lo oímos y vemos sólo cuando nos damos cuenta de nuestros sueños.“

• • • • • • • • • •

„Sind vielleicht Träume bei Männern, Frauen und Kindern eine Ausdrucksform oder ein Dolmetscher der geheimnisvollen Sprache des Bewusstseins?“

„¿Son los sueños quizás una forma de expresión o un intérprete del misterioso lenguaje de la conciencia en hombres, mujeres y niños?“

• • • • • • • • • •

„Die „Dummheit“ und das „nicht wissen wollen“ ist eine schlimme Krankheit. Der „Kranke“ selbst leidet nicht unter ihr. Aber die „Gesunden“ leiden umso mehr.“

„La "estupidez" y el "no querer saber" es una enfermedad terrible. El mismo "enfermo" no lo padece. Pero los "sanos" sufren aún más."

· · · · · · · · · ·

„Würde man beweisen wollen, dass es keinen Gott in der Welt der Menschen gäbe, dann gibt es folglich auch keine Religion. Für was auch?"

„Si uno quisiera demostrar que no había Dios en el mundo humano, entonces habría tampoco religión. ¿Para qué?"

· · · · · · · · · ·

„Die entsetzlich anhaftende Dummheit bei Glaubensdoktrien, eingebettet in einer geistigen Dunkelheit des göttlichen Glaubens, sollte niemals unterschätzt werden."

„La estupidez terriblemente aferrada de la doctrina de la fe, incrustada en una oscuridad espiritual de fe divina, nunca debe comprender ser apreciado."

· · · · · · · · · ·

„Wer sich zwischen den Sternen im Universum bewegt, kann nur noch lächeln über das Geld, das Gold und den Grundbesitz von gierigen Männern und Frauen."

„Quien se mueva entre las estrellas del universo solo puede sonreír ante el dinero, el oro y propiedad de hombres y mujeres codiciosos.“

••••••••••

„Maßloser Konsum hinterlässt den Eindruck von einem erfüllten Leben der Menschen, und die Existenz einer Wohlstandsgesellschaft. In Wahrheit ist er der Nährboden für eine moralische Dekadenz in der Gesellschaft, sowie der wirtschaftliche Verfall eines bewohnbaren Planeten.“

„El consumo excesivo deja la impresión de una vida plena para la gente y la existencia de una sociedad próspera. En verdad, es el caldo de cultivo para una decadencia moral en la sociedad, así como el declive económico de un planeta habitable.“

••••••••••

„Achte aufmerksam auf dein Denken deiner Gedanken, denn sie werden durch Gestik, Mimik und Sprache Bestandteil deiner Kommunikation.“

„Preste mucha atención a lo que piensa sobre sus pensamientos, porque están determinados por los gestos, las expresiones faciales y el lenguaje Parte de tu comunicación.“

••••••••••

„Achte auf deine Kommunikation, denn sie wird möglicherweise dein Verhalten und Handeln beeinflussen."

„Preste atención a su comunicación porque puede convertirse en su comportamiento y acciones."

• • • • • • • • • •

„Achte auf dein Verhalten und Handeln, denn sie beeinflussen deine Charaktereigenschaften. Auf sie achte besonders, denn sie werden dein geistiges Leben beeinflussen."

„Preste atención a su comportamiento y acciones, porque influyen en los rasgos de su carácter. Presta atencion a ellos especialmente porque se convierten en tu vida espiritual influencia."

• • • • • • • • • •

„Was sollte ich tun und was sollte ich lassen? Was darf ich erhoffen oder wo ist jede Hoffnung zwecklos? Was bin ich eigentlich als Mensch, und warum lebe ich für eine begrenzte Zeit auf einem bewohnbaren Planeten?"

„¿Qué debo hacer y qué no debo hacer? ¿Qué puedo esperar o dónde es inútil toda esperanza? ¿Qué soy realmente como persona y por qué vivo en uno por tiempo limitado planeta habitable?"

• • • • • • • • • •

„Was ist der eigentliche Zweck dieses Lebens? Worin bestehen der Inhalt und die Bedeutung für das Leben?"

„¿Cuál es el verdadero propósito de esta vida?
¿Cuál es el contenido y el significado de la vida?"

· · · · · · · · · ·

„Das Bewusstsein und das „geistige Sein", eingebettet in der „geistigen Energie" ist das konstituierende Formalprinzip des Universums und dessen was es enthält."

„La conciencia y el "ser espiritual" incrustados en la "energía espiritual" es el constituyente Principio formal del universo y su lo que contiene."

· · · · · · · · · ·

„Die entsetzlich anhaftende Dummheit bei Glaubens-doktrien, eingebettet in einer geistigen Dunkelheit des göttlichen Glaubens, sollte niemals unterschätzt werden."

„La estupidez terriblemente aferrada de la doctrina de la fe, incrustada en una oscuridad espiritual de fe divina, nunca debería ser subestimado."

· · · · · · · · · ·

„Das Denken der Gedanken ist grundsätzlich erst einmal ein energetisch ablaufprozessualer Prozess.
Einmal völlig losgelöst davon, was ihn möglicherweise ausgelöst haben könnte, oder
ausgelöst hat."

„Pensar los pensamientos es básicamente solo una vez
un proceso energético relacionado con el proceso.
Una vez completamente separado de lo que podría
haberlo desencadenado o desencadenado."

· · · · · · · · · ·

„Zwei einander sich widersprechende Aussagen können
nicht zugleich auch zutreffend sein."

„Dos declaraciones contradictorias no pueden
ser correctas al mismo tiempo."

· · · · · · · · · ·

„Vieles was von den Menschen gedacht wurde, ist ohne
Zweifel bereits mental abgehandelt worden. Man
muss sich nur der Mühe unterziehen,
es nochmals denken zu wollen."

„Gran parte de lo que la gente pensaba sin duda ya se
ha tratado mentalmente. Solo tengo que tomarme la
molestia con ganas de volver a pensar."

· · · · · · · · · ·

„Wer sich nicht von der Sehnsucht und der Neugierde
aufmerksam berühren lässt, wird im Stumpfsinn
seiner einfältigen Gedankenwelt versinken."

„Los que no se dejan tocar con cuidado por el anhelo
y la curiosidad se vuelven estúpidos hundirse
en su mente simple."

• • • • • • • • • •

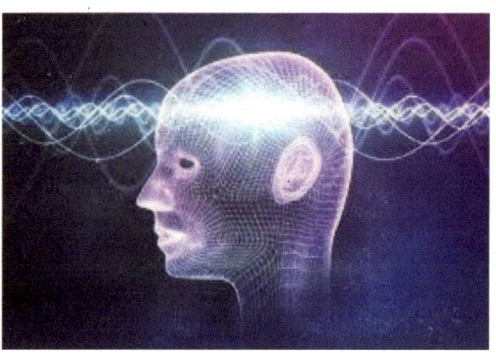

„Das Gehirn ist wie der menschliche Verdauungstrakt,
es kommt nicht darauf an, wie man es arbeiten lässt,
sondern wie es ergebnisorientiert Gedanken aufneh-
men, verarbeitet und abspeichert kann."

„El cerebro es como el tracto digestivo humano. No
importa cómo lo dejes funcionar, sino cómo puede
recibir, procesar y almacenar pensamientos de una
manera orientada a resultados."

• • • • • • • • • •

„Es scheint wohl zutreffend zu sein, dass nicht das Herz die ihm zugesprochene Rolle als ablaufprozessuales Zentralorgan für die Wahrnehmungen und die Erkenntnisse übernimmt, sondern dass das menschliche Gehirn sich bemüht, diese Aufgaben zu lösen."

„Parece correcto que el corazón no desempeñe el papel que se le asigna como órgano central de las percepciones y las El conocimiento se hace cargo, pero eso el cerebro humano se esfuerza por hacer esto Para resolver tareas."

· · · · · · · · · ·

„Der Mensch muß beginnen sein Gedächtnis zu verlieren, um zu erkennen, dass das Bewusstsein alles ist, was das Leben von Männern, Frauen und Kindern ausmacht. Das Bewusstsein ist der ethische und logische Zusammenhalt, der Verstand, das Gefühl und das daraus resultierende Verhalten und Handeln. Ohne Bewusstsein ist der Mensch wie ein Raum ohne geistigem Inhalt."

„El hombre debe empezar a perder la memoria para reconocer que la conciencia lo es todo lo que define la vida de hombres, mujeres y niños. La conciencia es ética y cohesión lógica, la mente, el sentimiento y el comportamiento y manejo resultantes deln. Sin conciencia, el hombre es como uno Espacio sin contenido espiritual."

· · · · · · · · · ·

„Ein fremdes Organ tritt ungewollt in dein Leben ein,
um es möglicherweise etwas zu verlängern. Sinn-
voller wäre es, das eigene Leben in seiner
begrenzten Zeit geistig zu vertiefen.“

*„Un órgano extraño entra sin querer en tu vida para
posiblemente alargarla un poco.
Tendría más sentido profundizar la propia vida
espiritualmente en su tiempo limitado.“*

· · · · · · · · · ·

„Kann ein menschliches Bewusstsein als solches über-
haupt sterben? Sollte es organisch sein, ja! Wenn
nein, also ein energetisches Konstrukt sein,
nein! Energie kann nicht sterben.“

*„¿Puede morir una conciencia humana como tal?
¿Debería ser orgánico, sí!, ¡No! La energía no puede
morir.“*

· · · · · · · · · ·

„Die Realität hat ihre Grenzen, doch die Fantasie und die Neugier ist grenzenlos."

„La realidad tiene sus límites, pero la imaginación y la curiosidad son ilimitadas."

· · · · · · · · · ·

„Wenn ein kleiner Junge ein Stück Holz unterm Ofen hervorholt und zu dem Holz „Hühott" sagt, dann ist es ein Pferd. Ein richtiges lebendiges Pferd. Und wenn der große Bruder sich kopfschüttelnd das Holz betrachtet und zu dem kleinen Jungen sagt: Das ist ja gar kein Pferd, sondern du bist ein Esel. Dann ist er ein Esel."

"Si un niño toma un trozo de madera de debajo de la estufa y dice "Hühott" a la madera, entonces es un Caballo. Un caballo de verdad."

"Y cuando el hermano mayor niega con la cabeza y dice: esto no es un caballo y tú eres un burro. Entonces el hermano pequeño es un burro."

· · · · · · · · · ·

„Lieber künstliche Intelligenz als menschliche Dummheit."

"Mejor inteligencia artificial que una persona estúpida."

· · · · · · · · · ·

„Die Intuition ist der geistige Weckruf unseres Bewusstseins nach Veränderung unseres Denkens und Handelns.“

„La intuición es la llamada de atención espiritual de nuestra conciencia después de un cambio en nuestro pensamiento y Acción.“

•••••••••

„Die Kunst der Sprache besteht darin, sich so auszudrücken, dass man auch von allen verstanden wird.“

„El arte del lenguaje consiste en expresarse de tal manera que todos puedan entenderse.“

•••••••••

„Das Schicksal meldet sich nicht mit einem lauten Trommelwirbel an.“

„El destino no se anuncia a sí mismo con un fuerte redoble de tambores.“

•••••••••

„Ist das materielle Universum möglicherweise nur ein illusionäres Konstrukt?“

„¿Es el universo material posiblemente sólo una construcción ilusoria?“

•••••••••

„In welcher Sprache spricht eigentlich ein Gott zu den
Männern, Frauen und Kindern auf dem Planeten
Erde?"

*„¿En qué idioma habla realmente un dios a los
hombres, mujeres y niños del planeta
Tierra?"*

• • • • • • • • • •

„Enttäuscht vom Affen schuf Gott aus den Resten in
seiner Verzweiflung den Mann und aus dessen
Rippe die Frau."

*„Decepcionado con el mono, Dios creó al hombre de los
restos de su desesperación y a la mujer de su costilla."*

• • • • • • • • • •

„Die Intuition ist die Fähigkeit, Einsichten in Sachver-
halte, in noch unbekannte Sichtweisen, Gesetzmäßig-
keiten, oder die subjektive Stimmigkeit von eigenen
und nicht eigenen Entscheidungen zu erlangen,
ohne einen diskursiven Gebrauch des Verstandes in Anspruch zu nehmen. Also ohne eine
bewusste Schlussfolgerung ziehen
zu wollen."

*„La intuición es la capacidad de comprender los
hechos, las perspectivas, leyes o la coherencia subjetiva
de las propias y no tomar tus propias decisiones
sin un uso discursivo de la comprensión aprovechar.
Entonces sin uno queriendo sacar conclusiones
conscientes."*

· · · · · · · · · ·

„Es gibt Menschen, denen würde man am liebsten den
Teufel als ständigen Gast in ihrem Hause wünschen.
Aber man tut es nicht. Das Bauchgefühl sagt nein!
Denn besser wäre es für solche Personen, sie
würden sich in ihrem Leben einmal
selbst begegnen."

*„Hay personas a las que les encantaría desearle al
diablo como huésped permanente en su hogar.
Pero no lo haces. ¡El instinto dice que no!*

*"Porque sería mejor para esas personas, ellos
se encontrarían a sí mismos una vez en sus vidas."*

· · · · · · · · · ·

„Nach Auffassung von manchen Menschen kann es im materiellen Universum ohne Zufall keinen freien Willen geben, da jede Entscheidung bei Kenntnis aller Einflussgrößen vorhergesagt werden könnte. Aber wenn unsere Entscheidungen zufällig zustande kommen, wäre das erst recht nicht das, was wir uns unter einen freien Willen vorstellen."

„Según algunas personas, no puede haber libre albedrío en el universo material sin oportunidad, ya que cada decisión se toma con el conocimiento de todos.
Se pueden predecir las variables que influyen.
Pero cuando nuestras decisiones surgen por casualidad ven, eso ciertamente no sería lo que nos imaginamos bajo un libre albedrío."

• • • • • • • • • •

„Wenn du in einer stillen Stunde deines Lebens in dich hineinhören kannst und dabei fühlst, dass du nicht so denkst wie viele andere, dann ändere es auch nicht."

„Cuando puedes escucharte a ti mismo en una hora tranquila de tu vida y sentir que no estás piensa como muchos otros, luego cámbialo ninguno."

• • • • • • • • • •

„Das „geistige Wollen", ist das sehnsüchtige geistige
Verlangen der „geistigen Energie", eingebettet im
so genannten „universellem Nichts", nach struktu-
rellen ablaufprozessualen und energetischen Ent-
wicklungsprozessen. Einmal völlig losgelöst davon, inwieweit sich das auf geistige beziehungs-
weise materielle Veränderungsprozesse in
dem „universellem Nichts"
auswirken würde."

*„La "voluntad espiritual" es el anhelo espiritual an-
helante de la "energía espiritual" incrustado en el
la llamada "nada universal", según la estructura."*

· · · · · · · · · ·

„Fühle die „geistige Energie" und achte auf die Stimme des „geistigen Wollens"."

„Siente la "energía espiritual" y presta atención a la voz de la "voluntad espiritual"."

· · · · · · · · · ·

„Die Energie ist in ihrem Bemühen nützlich zu sein, der „mentale Erfüllungsgehilfe" für das „geistige Wollen"."

„La energía se esfuerza por ser útil, el "agente vicario mental" para el "Voluntad espiritual"."

· · · · · · · · · ·

„Der Energieerhaltungssatz sagt aus, dass die Energie eine Erhaltungsgröße ist. Dass also die Gesamtenergie eines abgeschlossenen Systems sich nicht mit der Zeit ändert. Energie kann zwischen verschiedenen Energieformen umgewandelt werden. So variabel im Universum Energieformen erscheinen mögen, sie unterliegen alle dem Energieerhaltungssatz der Physik. Demnach geht Energie niemals verloren."

„La ley de conservación de la energía establece que la energía es una cantidad de conservación. Para que la energía total de un sistema cerrado no cambie con el tiempo. La energía se puede convertir entre diferentes formas de energía. Por más variables que puedan aparecer las formas de energía en el universo, todas están sujetas a la ley de conservación de la energía en física. En consecuencia, la energía nunca se pierde."

· · · · · · · · · ·

„Nur dieses „geistige Sein", eingebettet in der „geistigen Energie", gibt durch sein „geistiges Wollen" dem „Kreis-lauf des kosmischen Lebens", auf der physikalischen Grundlage von energetischen ablaufprozessualen Wandlungsprozessen, die „geistige Energie" und damit die „geistige energetische Beständigkeit" für seine ewige „Existenz"."

„Sólo este "ser espiritual", incrustado en la "energía espiritual", da la "energía espiritual" a través de su "voluntad espiritual" al "ciclo de la vida cósmica", sobre la base física de los procesos energéticos de cambio. y con él el "espiritual energético Constancia"para su eterna" existencia"."

· · · · · · · · · ·

„Das „geistige Sein", eingebettet in der „geistigen Energie", ist die Heimat des „geistigen Wollens" und des
„geistigen Fühlens"."

*"El ser espiritual", incrustado en la "energía
espiritual", es el hogar de la "voluntad
espiritual" y el "sentimiento
espiritual"."*

· · · · · · · · · ·

„Jeder Gedanke den man denkt, ist ein geistiges Ergebnis, geboren aus dem geistigen Wollen. Jeder Gedanke ist wie ein Baustein am werdenden Leben, unabhängig davon, wie es sich entwickeln wird."

„Todo pensamiento que uno piensa es un resultado espiritual, nacido de la voluntad espiritual. Todo pensamiento ke es como un bloque de construcción en el desarrollo de la vida, independiente dependiendo de cómo se desarrolle."

•••••••••

„Das „geistige Wollen" und das daraus resultierende „ablaufprozessuale Denken" ist natürlich auch die Grundlage für das geistige Leben eines Bewusstseins von Männern, Frauen und Kindern."

„"La" voluntad espiritual" y el "pensamiento relacionado con el proceso" resultante es, por supuesto, también la base de la vida espiritual de un consciente la suya de hombres, mujeres y niños."

•••••••••

„Dieses Ruhen in sich selbst, im „geistigen Sein", eingebettet in der „geistigen Energie" öffnet den Weg, um dann am Ende über das Denken der Gedanken einen anderen Weg zu suchen. Wie ein Segelboot, das vom Wind getrieben auf das Meer treibt. Da gelten nicht mehr die Regeln des Bekannten, sondern nur noch die unendlichen Weiten des geistigen Universums."

„"Este reposo en uno mismo, en el" ser espiritual, incrustado en la "energía espiritual" abre el camino para luego al final del pensamiento de los pensamientos buscar otro camino. Como un velero que flota sobre el mar, empujada por el viento. las reglas de lo conocido ya no se aplican, pero solo las infinitas extensiones del universo espiritual."

· · · · · · · · · ·

„Nachdenklich steht es um das Geistige, das sich um die Zukunft ängstigt und traurig vom Unglück ist. Es ist voll Besorgnis ob das, woran es seine Freude hat, möglicherweise auch Bestand haben wird."

"Es reflexivo sobre lo espiritual, que tiene miedo del futuro y tristeza por la desgracia. Está lleno de preocupación si lo que se complace en también puede perdurar."

· · · · · · · · · ·

„Das kosmische „Nichts" ist wie der Leib einer Gebärenden. Aus wenigen Bausteinen entwickeln sich materielle und lebende Strukturen."

„"La" nada "cósmica es como el cuerpo de una mujer. Desarrollar a partir de unos pocos bloques de construcción estructuras materiales y vivas."

· · · · · · · · · ·

„Das kosmische „Nichts" existiert eingebettet in einem energetisch ablaufprozessualen Gesamtkomplex und in einem dreidimensionalen Raum und der eindimensionalen Zeit. Also in einer vierdimensionalen mathematischen Struktur."

"La "nada cósmica" existe incrustada en un proceso energético global complejo y en un espacio tridimensional y en un tiempo unidimensional. Así que en una dimensión de cuatro estructura matemática final."

··········

„Die universelle Wirklichkeit ist nicht die materiell sichtbare Materie, sondern die ablaufprozessualen Denkprozesse, eingebettet in der „geistigen Energie"."

„La realidad universal no es la materia materialmente visible, sino el procedimiento procesos de pensamiento len, incrustados en el "Energía espiritual"."

··········

„Das Denken des Wollens ist kein lapidarer energetisch ablaufprozessualer Prozess. Es ist auch sicherlich keine unbewusste geistig energetische Welle. Das geistige Wollen entspringt der Sehnsucht nach etwas, was es noch nicht geben sollte, aber notwendig und gewollt ist."

„Pensar en la voluntad no es un proceso de procedimiento sucinto y enérgico. Ciertamente tampoco es ne onda espiritualmente energética inconsciente. El mental el anhelo surge del anhelo de algo lo que no debería existir todavía, pero necesario y es buscado."

· · · · · · · · · ·

„Die ursprüngliche mentale Triebfeder zum „Wissen Wollen" ist die „geistige Sehnsucht". Sie ist tief eingebettet im „geistigen Wollen". Während alles spätere Wissen ein Ergebnis daraus ist."

„La fuerza motriz mental original para "querer saber"es el "anhelo espiritual". Es profundo incrustado en la "voluntad espiritual". Mientras todo el conocimiento posterior es el resultado de ello."

· · · · · · · · · ·

„Alle „geistigen Elemente" sind energetisch ablaufprozessuale Elemente der „universellen Energie"."

„Todos los "elementos espirituales" son elementos relacionados con el proceso energético de la "energía universal"."

· · · · · · · · · ·

„Das Bewusstsein ist das personifizierte „Sein". Es ist das gewordene Wissen und die Erkenntnis für die Existenz der eigenen geistigen Identität."

„La conciencia es el "ser" personificado. Es el conocimiento que se ha convertido y el conocimiento para ellos Existencia de la propia identidad espiritual."

• • • • • • • • •

„Alles Materielle ist in seiner Lebensweise grundsätzlich zeitlich „endlich". Das gilt ohne Ausnahme. Nur das „Geistige", also zum Beispiel das Bewusstsein, existiert ewig. Die physikalische Grundlage dafür ist das Energieerhaltungsgesetz, das unmissverständlich ausdrückt, dass Energie, gleich in welcher Form, weder erzeugt noch vernichtet werden kann. Die Energie existiert ewig."

„Todo lo material es básicamente "finito" en su forma de vida. Esto es cierto sin excepción. Sólo lo "espiritual", por ejemplo la conciencia, existe para siempre. La base física para esto es la ley de conservación de la energía, que expresa inequívocamente que la energía, en cualquier forma, no se puede generar ni destruir. La energía existe para siempre."

• • • • • • • • •

„Das „Bewusstsein“ und das „geistige Sein“, eingebettet in der „geistigen Energie“ sind das konstituierende Formalprinzip des geistigen Universums und dessen was es enthält.“

„La "conciencia" y el "ser espiritual", incrustados en la "energía espiritual", son los principios formales constituyentes del universo espiritual y de lo que contiene.“

· · · · · · · · · ·

Liebe Leserinnen und liebe Leser, in meinem nächsten Roman:

„Das Denken und die Gier"

werden sie lesen können, was viele Männer, Frauen und Kinder in Laufe ihrer relativ kurzen Lebensgeschichte bewegt hat, sich für den Konsum jeglicher Art in ihrem Leben zu entscheiden und dabei die Lebensgrundlagen ihres wunderbaren Planeten Erde in einer relativ kurzen Zeit zerstören. Wegweisende Ratgeber ihres Lebens sind nicht die Vernunft und die Liebe, sondern die Gier, der Neid und der Machthunger, der ihr Leben ausfüllt.

Die wenigen vernünftigen Verhaltensweisen von Männern, Frauen und Kindern reichen nicht aus, um der Menschheit eine hoffnungsvolle Zukunft in Aussicht zu stellen.

Dieser Roman wird ab Ende Februar 2021 im deutschsprachigen Buchhandel und bei den meisten nationalen und internationalen Internetportalen sowohl als Buch als auch als E – Book zu kaufen sein.

Viele interessante Stunden beim Lesen dieses spannenden Romans wünscht ihnen ihr

Dietmar Dressel

Der Autor

Es kommt die Zeit, da rückt das 65. Lebensjahr in greifbare Nähe - endlich - denkt man erleichtert - in Pension. Soweit so gut! Es dauert nicht lang, und man feiert im Kreise der Familie den 66. Geburtstag und stellt dabei mit zunehmender Ungeduld fest, dass so ein Tag, mit seinen vierundzwanzig Stunden, ziemlich lang sein kann.

Familie, Enkelkinder, Faulenzen, Reisen und gelegentliche botanische Experimente bei der Gartenarbeit reichen nicht mehr aus, um den Tag ein interessantes Gesicht zu geben. Was tun? An dieser Frage kommt man nicht mehr vorbei, möchte man nicht den Rest seines Lebens auf der Couch und vorm Fernseher verdösen. Warum, so fragte ich mich, die vielen Gedanken und Ideen, die sich im Laufe eines Lebens gesammelt haben überdenken und - so möglich, schriftlich verarbeiten. Kaum sind solche Gedanken zu Ende gedacht, entwickelt sich dafür die notwendige Initiative. Ein Literaturstudium muss her. Denkt sich der Kopf, ohne an den Körper zu denken. Der ist ja bereits 66 Jahre alt und damit nicht mehr der Jüngste. Diese drei Studienjahre waren es, die mir zeigten, dass das kreative Schreiben kein dunkles Geheimnis bleiben muss, so man sich bemüht es zu lüften. Und noch etwas half mir sehr, das Schreiben ernsthaft anzupacken. Das geistige in sich "Hineinhören" um mit dem Bewusstsein und seiner inneren Stimme Gespräche zu suchen.

**Mehr Informationen unter
BoD Verlag**

Das Denken der Gedanken ist grundsätzlich erst einmal ein energetischer, ablaufprozessualer Prozess. Einmal völlig losgelöst davon, was ihn möglicherweise ausgelöst haben könnte, oder ausgelöst hat. Aus und Punkt! Aus dem wissenschaftlichen Verständnis von Teilen der Menschheit wäre allerdings das menschliche Gehirn sein Denkzentrum. Es besteht unstrittig zu etwa sechzig Prozent aus Gehirnfett und zu vierzig Prozent aus Proteinen. Dieser Analyse folgend bedeutet das, dass für das Denken der Gedanken und alle damit im Zusammenhang stehenden mentalen Prozesse aus dieser biologischen Masse entwickelt, organisiert und gespeichert werden sollen? Respekt! Es gibt auch andere Begründungen für das Denken der Gedanken. Jedenfalls so, wie ich sie als Autor dieses Romans verstehe.

Jeder Gedanke ist ein Baustein am werdenden Leben in seiner vielfältigen Gesamtheit. Es entwickelt sich durch das ablaufprozessuale „geistige Denken Wollen", eingebettet im "geistigen Sein" und der „geistigen Energie".

Dieser Roman ist wahrlich keine Lektüre, um vielleicht die Seele vor dem Einschlafen etwas „baumeln" zu lassen. Nein, das ist dieser Roman wirklich nicht. Im Gegenteil! Die Gedanken werden gefordert. Allerdings kann man, so man möchte, dadurch neue Erkenntnisse über: „Das Denken der Gedanken", hinzugewinnen.

Jedes denkende körperliche Lebewesen der höheren geistigen Ordnung auf bewohnbaren Planeten, also auch die Menschen vom Planeten Erde, bestimmen für sich selbst allein, was und wieviel sie besitzen wollen und wie sie sich entscheiden, denken und handeln, um das auch praktisch zu realisieren. Das geschieht aus freier Entscheidung und Willensbildung. Allerdings trägt auch jeder für sich allein die Verantwortung dafür! Nicht eine so genannte göttliche Figur im Himmel und schon gar nicht die „Anderen". Vor dem materiellen Wohlstand und dem menschlichen Glücklichsein steht allerdings als Warnsignal die „Würde des Menschen" fest verankert in der Erde.

Das Denken der Gedanken ist grundsätzlich erst einmal ein energetischer, ablaufprozessualer Prozess. Einmal völlig losgelöst davon, was ihn möglicherweise ausgelöst haben könnte, oder ausgelöst hat. Aus dem wissenschaftlichen Verständnis von Teilen der Menschheit wäre allerdings das menschliche Gehirn sein Denkzentrum. Es besteht unstrittig zu etwa sechzig Prozent aus Gehirnfett und zu vierzig Prozent aus Proteinen. Dieser Analyse folgend bedeutet das, dass für das Denken der Gedanken und alle damit im Zusammenhang stehenden mentalen Prozesse aus dieser biologischen Masse entwickelt, organisiert und gespeichert werden sollen? Respekt! Was geschah v o r dem Urknall? Wie entwickelten sich die kleinsten Bausteine des Lebens und der Materie? Besitzen denkende körperliche Lebewesen der höheren geistigen Ordnung, also zum Beispiel Menschen, ein Ichbewusstsein auf der Grundlage des Energieerhaltungssatzes? Worin schließt sich der Kreislauf des kosmischen Lebens? Gibt es das „geistige Sein", eingebettet in der „geistigen Energie"?

Mehr Informationen unter BoD Verlag

Jedes denkende körperliche Lebewesen der höheren geistigen Ordnung auf bewohnbaren Planeten, also auch die Menschen vom Planeten Erde, bestimmen für sich selbst allein, was und wieviel sie besitzen wollen und wie sie sich entscheiden, denken und handeln, um das auch praktisch zu realisieren. Das geschieht aus freier Entscheidung und Willensbildung. Allerdings trägt auch jeder für sich allein die Verantwortung dafür! Nicht eine so genannte göttliche Figur im Himmel und schon gar nicht die „Anderen".

Vor dem materiellen Wohlstand und dem menschlichem Glücklichsein steht allerdings als Warnsignal die Würde des Menschen fest verankert in der Erde.

Denn die Menschenwürde ist der Wert, der ausnahmslos allen Männern, Frauen und Kindern gleichermaßen und unabhängig von ihren Unterscheidungsmerkmalen, wie: Herkunft, Geschlecht, Alter oder Status, zugeschrieben wird. Es ist der Wert, mit dem sich der Mensch aus der Spezies von körperlich denkenden Lebewesen der höheren geistigen Ordnung, über alle anderen Lebewesen erhebt. Aus und Punkt. Wenn dem nicht so wäre, könnten die Menschen ja auch als Affen ihr Leben führen. Was vermutlich bei dem Denken und dem daraus resultierendem Verhalten der meisten Menschen für das Leben der Pflanzen und Tiere deutlich vorteilhafter und für die Erde nützlicher wäre. Eben wäre.

Von Francis Bacon stammt das Zitat: „Wir dürfen das Weltall nicht einengen, um es den Grenzen unseres Vorstellungsvermögens anzupassen, wie der Mensch es bisher zu tun pflegte. Wir müssen vielmehr unser Wissen ausdehnen, sodass es das Bild des Weltalls zu fassen vermag.

Alles Materielle ist in seiner unterschiedlichen Existenz zeitlich endlich. Das gilt ohne Ausnahme! Nur das Geistige existiert ewig. Die physikalische Grundlage dafür ist das Energieerhaltungsgesetz, das unmissverständlich ausdrückt, dass Energie, gleich in welcher Form, weder erzeugt noch vernichtet werden kann. Energetisch ablaufprozessuale Denkprozesse sind ein prozessualer Be-standteil der Energie und Energie existiert ewig!"

Interessante Stunden beim Lesen dieser nicht ganz einfachen Lektüre wünscht ihnen ihr -
Dietmar Dressel

Mehr Informationen unter
BoD Verlag

**Mehr Informationen unter
BoD Verlag**